X Gillespie, Katie, author.
394.2646 La Noche de Brujas
GIL **BER**

12/2016

ST. MARY PARISH LIBRARY
FRANKLIN, LOUISIANA

Celebremos las fechas patrias

La Noche de Brujas

Katie Gillespie

www.av2books.com

Visita nuestro sitio www.av2books.com e ingresa el código único del libro.
Go to www.av2books.com, and enter this book's unique code.

CÓDIGO DEL LIBRO
BOOK CODE

V685562

AV² de Weigl te ofrece enriquecidos libros electrónicos que favorecen el aprendizaje activo.
AV² by Weigl brings you media enhanced books that support active learning.

El enriquecido libro electrónico AV² te ofrece una experiencia bilingüe completa entre el inglés y el español para aprender el vocabulario de los dos idiomas.

This AV² media enhanced book gives you a fully bilingual experience between English and Spanish to learn the vocabulary of both languages.

Spanish

English

Navegación bilingüe AV²
AV² Bilingual Navigation

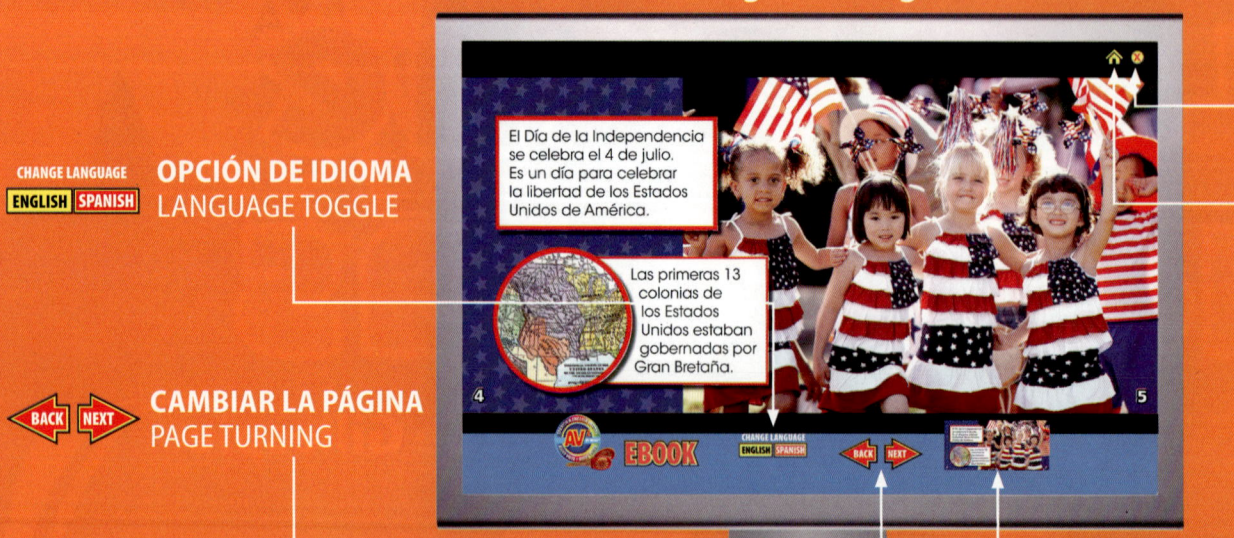

OPCIÓN DE IDIOMA / LANGUAGE TOGGLE

CAMBIAR LA PÁGINA / PAGE TURNING

CERRAR / CLOSE

INICIO / HOME

VISTA PRELIMINAR / PAGE PREVIEW

Copyright ©2017 AV² de Weigl. Library of Congress Cataloging-in-Publication Data se encuentra en la página 24.
Copyright ©2017 AV² by Weigl. Library of Congress Cataloging-in-Publication Data is located on page 24.

Celebremos las fechas patrias

La Noche de Brujas

ÍNDICE

- 2 Código del libro de AV²
- 4 ¿Cuándo es la Noche de Brujas?
- 6 ¿Qué es la Noche de Brujas?
- 8 Dulce o truco
- 10 Disfraces de la Noche de Brujas
- 12 Festejos
- 14 Cómo se celebra
- 16 Más tradiciones
- 18 Ayudando al prójimo
- 20 Celebraciones especiales
- 22 Datos sobre la Noche de Brujas

La Noche de Brujas se festeja el 31 de octubre de cada año. Comenzó siendo el día que marcaba el comienzo de la temporada invernal.

Con el tiempo, se convirtió en un día para que los niños se diviertan disfrazándose y comiendo dulces.

La Noche de Brujas comenzó hace miles de años como una fiesta llamada Samhain.
La celebraban los celtas en la antigua Gran Bretaña e Irlanda.

Samhain es una vieja palabra irlandesa que significa "fin del verano".

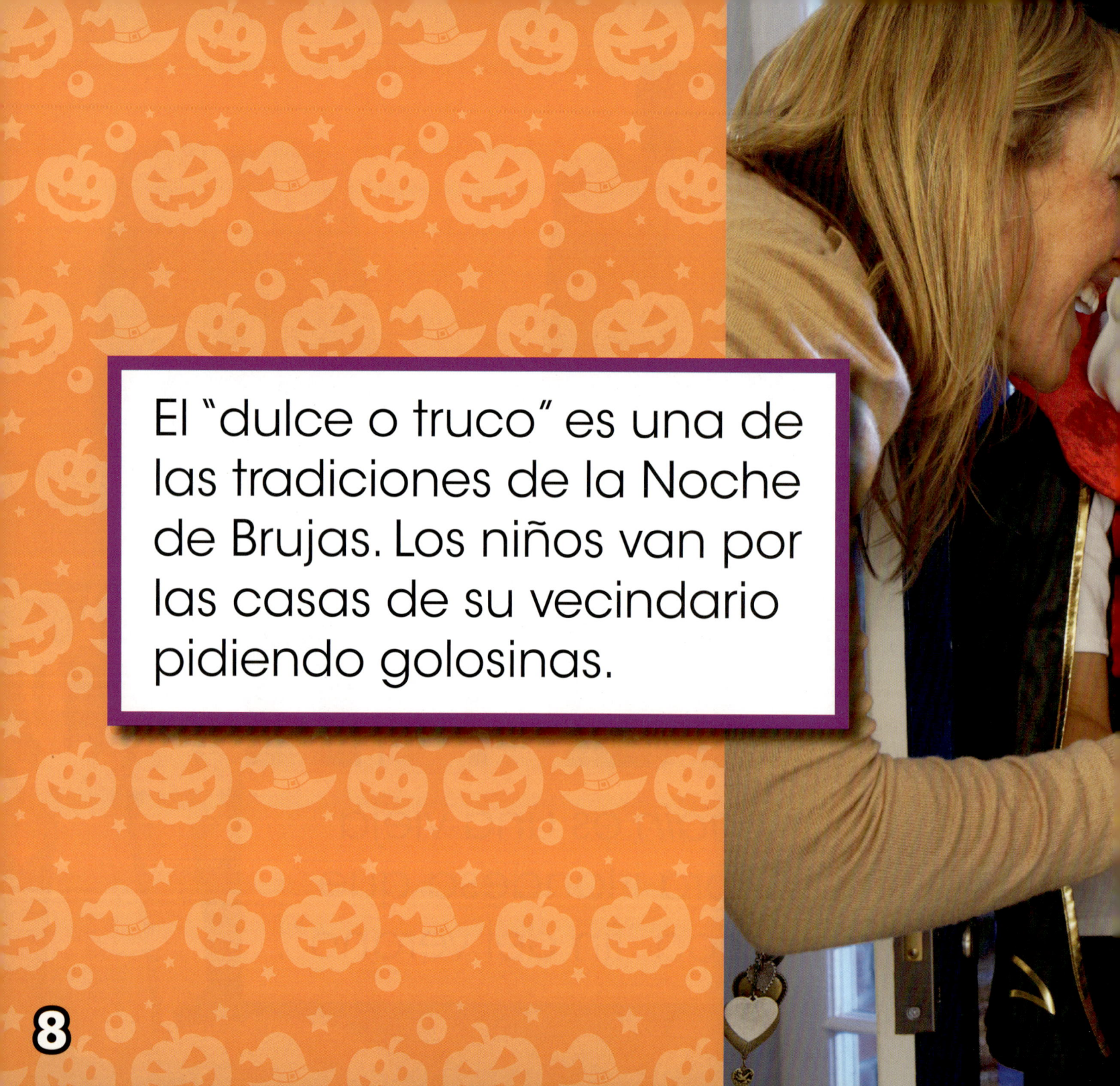

El "dulce o truco" es una de las tradiciones de la Noche de Brujas. Los niños van por las casas de su vecindario pidiendo golosinas.

La gente se suele disfrazar en la Noche de Brujas. Los disfraces más populares son los de monstruos, como vampiros o zombis.

Algunos hacen fiestas para celebrar la Noche de Brujas. Se suelen servir golosinas y organizar juegos festivos.

Uno de los juegos más divertidos de la Noche de Brujas es el de pescar manzanas con la boca.

Hoy, la comida típica de la Noche de Brujas son los dulces. Muchos entregan barras de chocolate o golosinas a los niños que golpean a su puerta.

La comida más tradicional de la Noche de Brujas son las manzanas.

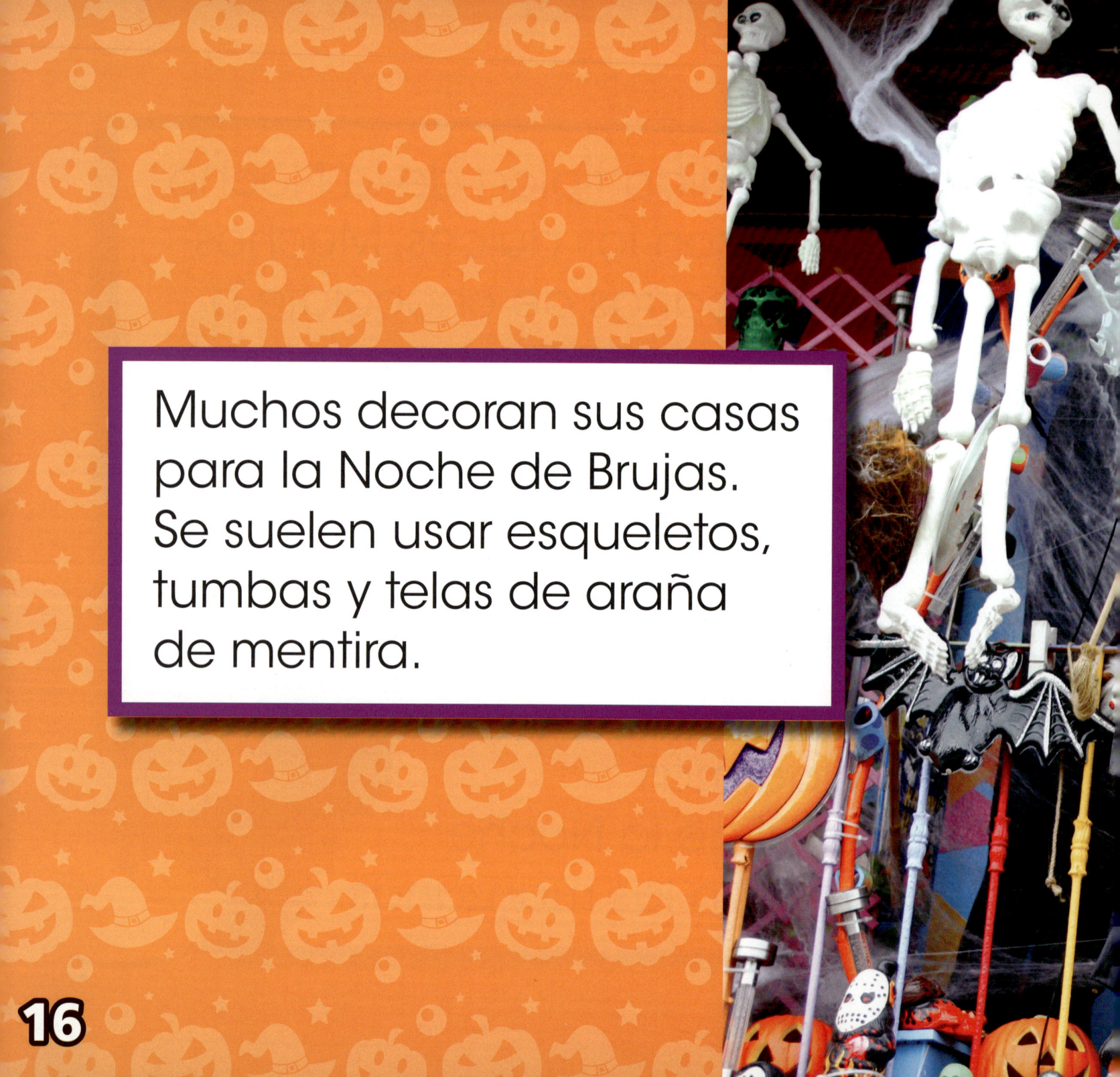

Muchos decoran sus casas para la Noche de Brujas. Se suelen usar esqueletos, tumbas y telas de araña de mentira.

La Noche de Brujas es un día para ayudar a los demás. Haciendo el tradicional "dulce o truco", los niños de todo el país recolectan dinero para el programa de UNICEF.

UNICEF significa United Nations Children's Fund, o Fondo para la Infancia de las Naciones Unidas.

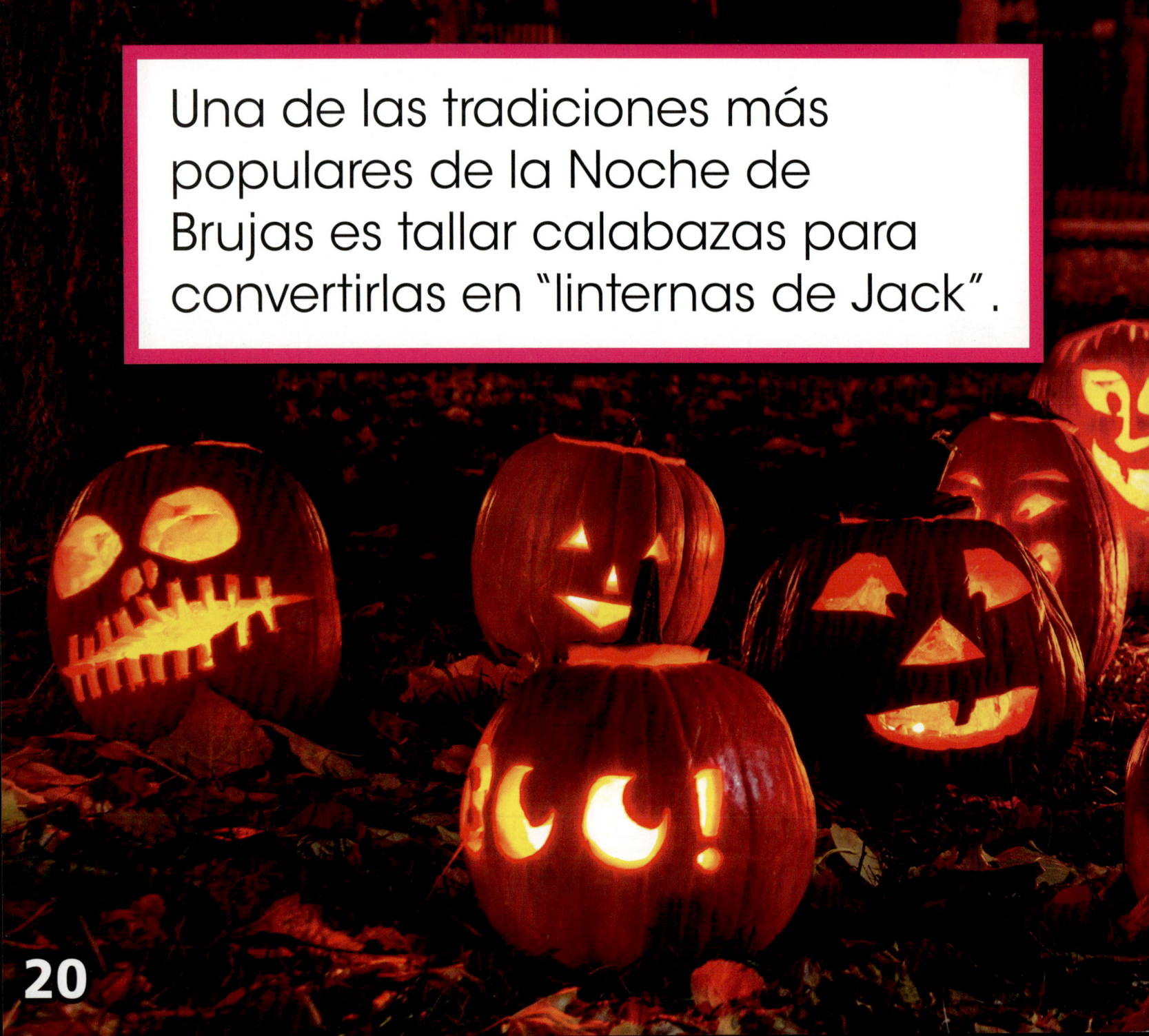

Una de las tradiciones más populares de la Noche de Brujas es tallar calabazas para convertirlas en "linternas de Jack".

Las primeras linternas de Jack se hacían con nabos.

DATOS SOBRE LA NOCHE DE BRUJAS

Estas páginas contienen más detalles sobre los interesantes datos de este libro. Están dirigidas a los adultos, como soporte, para que ayuden a los jóvenes lectores a redondear sus conocimientos sobre cada celebración presentada en la serie *Celebremos las fechas patrias*.

Páginas 4–5

La Noche de Brujas se festeja el 31 de octubre de cada año. La fiesta se realizó por primera vez al final de la temporada de recolección, cuando la cosecha ya estaba madura. Actualmente, la Noche de Brujas se festeja en muchos países del mundo. Se ha convertido en una fiesta muy popular en los Estados Unidos. En algunos lugares, como en México y América del Sur, los festejos de la Noche de Brujas continúan hasta el 2 de noviembre.

Páginas 6–7

La Noche de Brujas comenzó hace miles de años como una fiesta llamada Samhain. Algunos de los símbolos actuales de la Noche de Brujas, como los gatos negros y los murciélagos, vienen de esa fiesta. El término Halloween viene de una fiesta cristiana que se realizaba para la misma época que el Samhain. El 1 de noviembre, o el Día de Todos los Santos, es un día para honrar a los santos de la iglesia cristiana. En la Inglaterra medieval, se lo llamaba "All Hallows". La noche previa a este día, llamada en inglés "All Hallows Eve", con el tiempo se abrevió y se convirtió en Halloween, como se le llama a la Noche de Brujas en inglés.

Páginas 8–9

El "dulce o truco" es una de las tradiciones de la Noche de Brujas. Viene de una antigua tradición irlandesa. El Día de Todos los Muertos es una celebración cristiana que se realiza el 2 de noviembre. Es un día para rezar por las almas de los fallecidos. El día anterior, los pobres iban de casa en casa pidiendo comida a cambio de plegarias por los seres queridos que habían muerto. La gente daba unas galletas especiales llamadas "galletas del alma" como agradecimiento por las plegarias.

Páginas 10–11

La gente se suele disfrazar en la Noche de Brujas. La tradición de disfrazarse viene de la fiesta de Samhain. Se creía que las almas de los muertos vagaban por el lugar en esa fecha, junto con criaturas como brujas y hadas. Con el tiempo, la gente comenzó a disfrazarse de estos seres. Actualmente, se siguen usando disfraces de todo tipo, desde terroríficos hombres lobos, hasta valientes superhéroes y hermosas princesas. Se suelen hacer concursos con premios para los mejores disfraces.

Páginas 12–13

Algunos hacen fiestas para celebrar la Noche de Brujas. Uno de los juegos tradicionales de la Noche de Brujas, el de pescar manzanas con la boca, puede tener sus orígenes en la época medieval. Alrededor del 1 de noviembre, los celtas de la antigua Gran Bretaña hacían una fiesta para agradecer por la cosecha. Las nueces y las manzanas tenían un papel importante por ser las frutas que se guardaban para el invierno. Se cree que la tradición de tostar nueces y atrapar manzanas con la boca se originó en esta fiesta.

Páginas 14–15

Hoy, la comida típica de la Noche de Brujas son los dulces. Otras de las comidas asociadas con esta fiesta son las galletas horneadas, como las que se hacen con forma de fantasma o bruja. Las comidas tradicionales, como las nueces, calabazas y manzanas, también están relacionadas con la Noche de Brujas. Durante la fiesta de Samhain, se solía comer una torta de manzana especial llamada "fadge".

Páginas 16–17

Muchos decoran sus casas para la Noche de Brujas. Es divertido crear un ambiente terrorífico con símbolos escalofriantes de la Noche de Brujas, como esqueletos o fantasmas. Algunos visitan casas embrujadas o decoran sus propias casas como una casa embrujada. Las decoraciones suelen ser de color anaranjado y negro, ya que estos son los colores que se asocian tradicionalmente con la Noche de Brujas.

Páginas 18–19

La Noche de Brujas es un día para ayudar a los demás. El "dulce o truco" que se realiza para el programa de UNICEF comenzó en 1950. Los niños de todo Estados Unidos participan en el programa llevando cajas de colecta de color anaranjado en la Noche de Brujas. Mientras hacen el "dulce o truco" casa por casa, piden donaciones de dinero para UNICEF. El programa ha recaudado más de 170 millones de dólares para ayudar a los niños de todo el mundo.

Páginas 20–21

Una de las tradiciones más populares de la Noche de Brujas es tallar calabazas para convertirlas en "linternas de Jack". Originalmente, la gente tallaba caras de terror en sus calabazas para espantar a los espíritus malignos. Colocaban una vela encendida dentro de la calabaza para iluminarla y la dejaban en una ventana. Ahora, la gente lo sigue haciendo para lucirse con sus diseños de calabazas. Por cuestiones de seguridad, las velas han sido reemplazadas por linternas.

¡Visita www.av2books.com para disfrutar de tu libro interactivo de inglés y español!

Check out www.av2books.com for your interactive English and Spanish ebook!

1 Entra en www.av2books.com
Go to www.av2books.com

2 Ingresa tu código
Enter book code

3 ¡Alimenta tu imaginación en línea!
Fuel your imagination online!

www.av2books.com

Published by AV² by Weigl
350 5th Avenue, 59th Floor
New York, NY 10118
Website: www.av2books.com

Copyright ©2017 AV² by Weigl
All rights reserved. No part of this publication may be reproduced, stored in a retrieval system, or transmitted in any form or by any means, electronic, mechanical, photocopying, recording, or otherwise, without the prior written permission of the publisher.

Library of Congress Control Number: 2015954030

ISBN 978-1-4896-4371-1 (hardcover)
ISBN 978-1-4896-4373-5 (multi-user eBook)

Printed in the United States of America in Brainerd, Minnesota
1 2 3 4 5 6 7 8 9 0   20 19 18 17 16

032016
101515

Project Coordinator: Jared Siemens
Spanish Editor: Translation Cloud LLC
Designer: Ana María Vidal

Weigl acknowledges Getty Images and iStock as the primary image suppliers for this title.